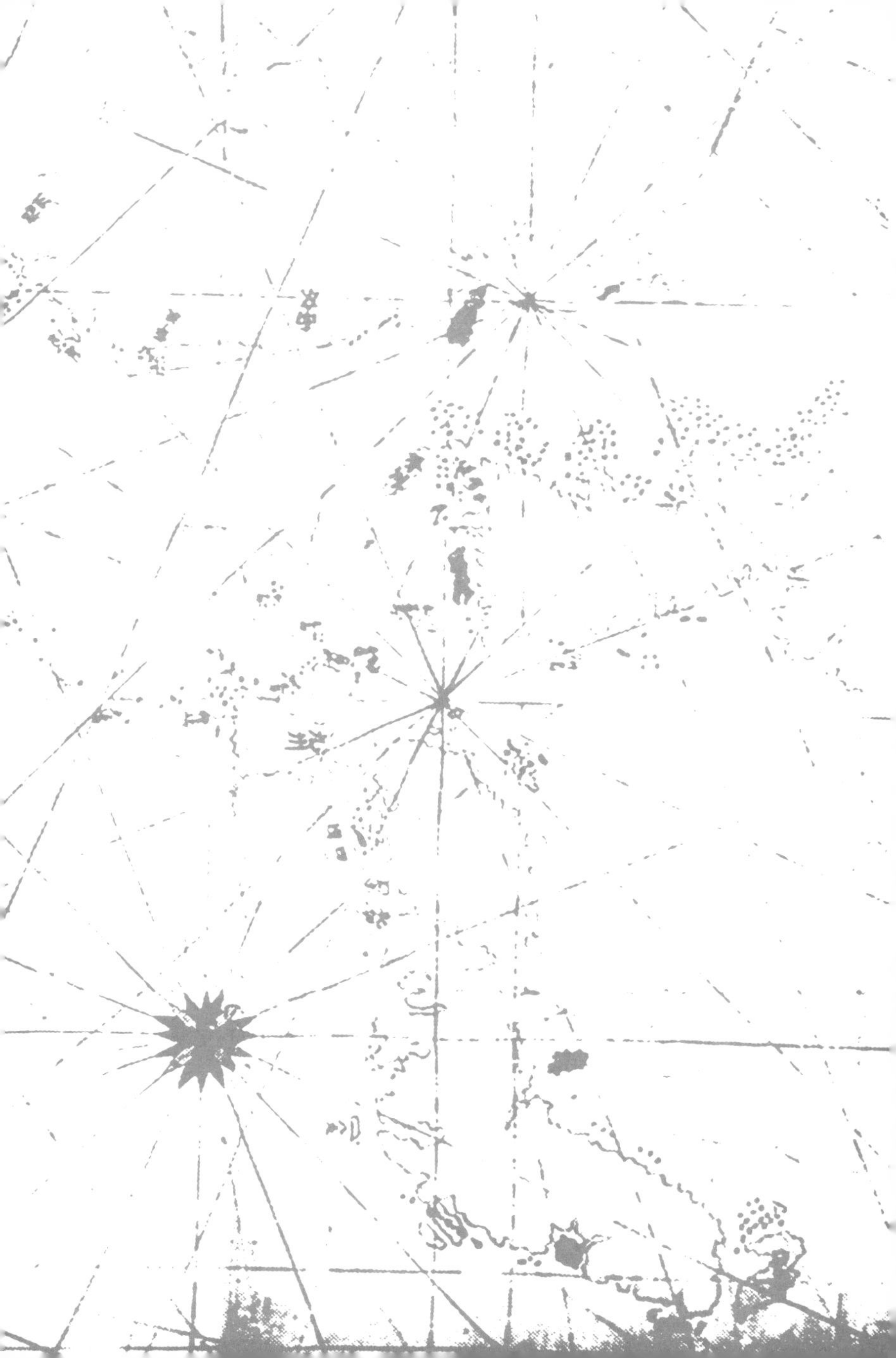

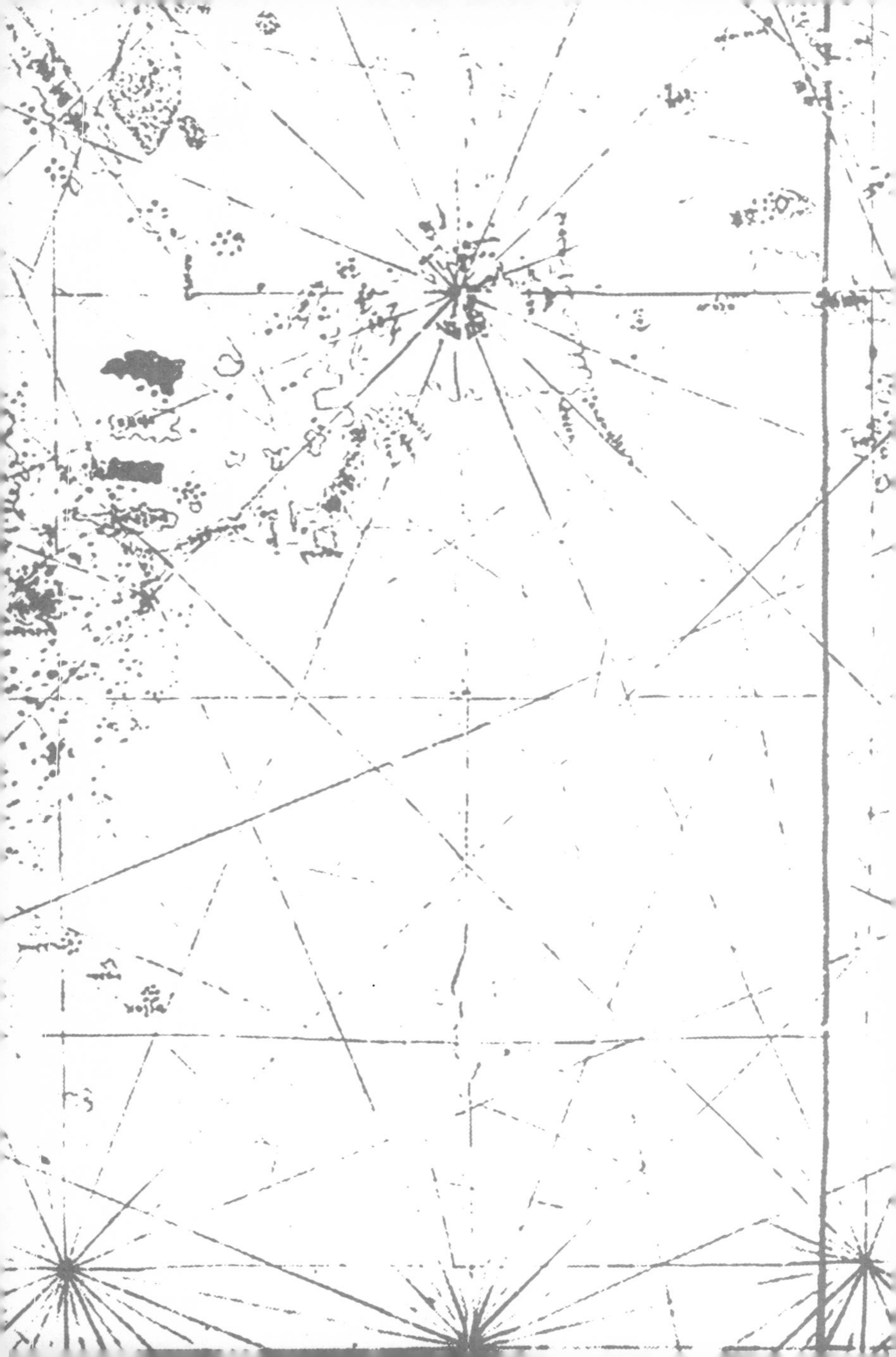

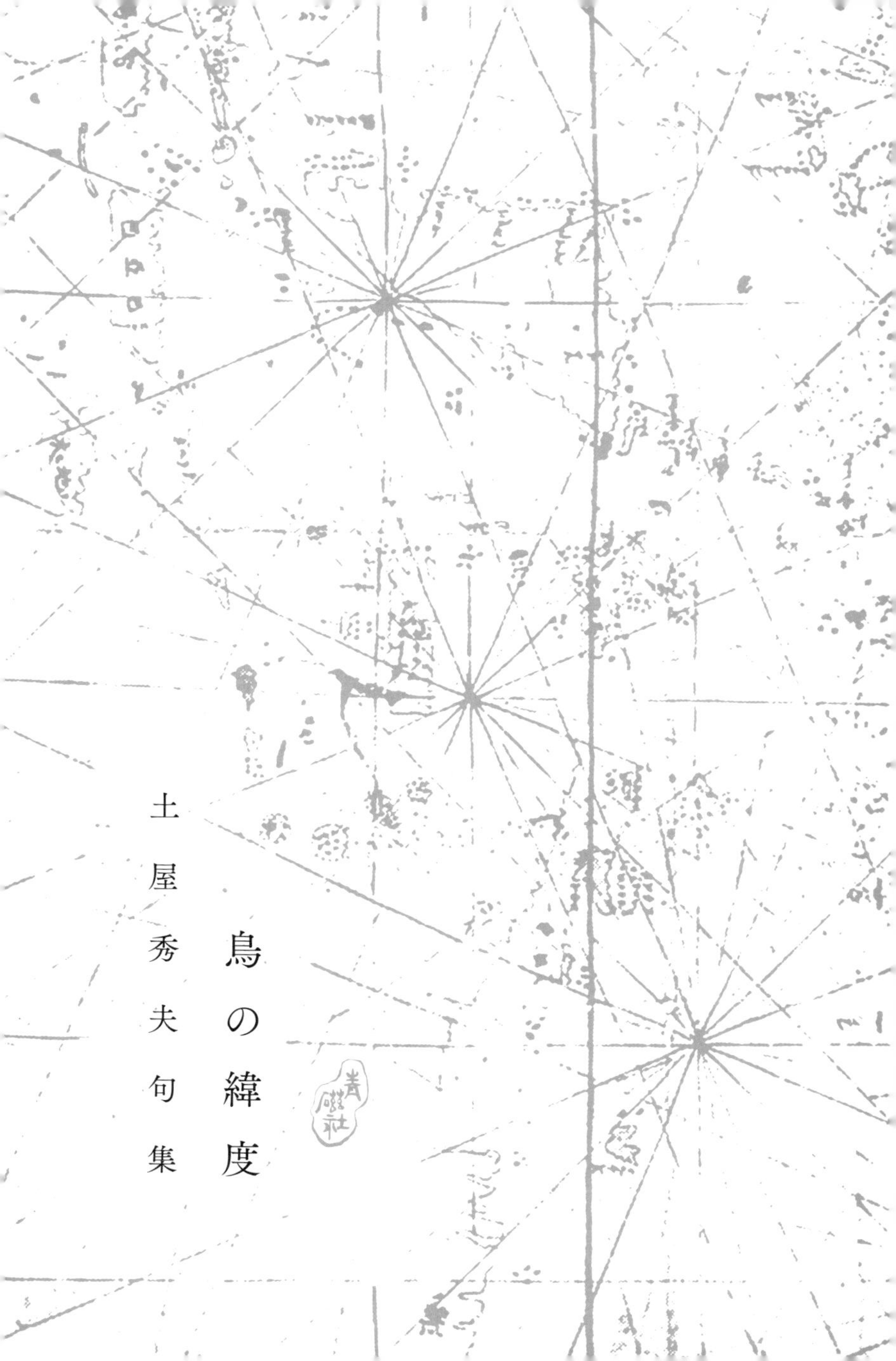

鳥の緯度

土屋秀夫句集

青磁社

鳥の緯度＊目次

句集　鳥の緯度

水酔会

自　平成八年

春めくや蛇口の錆の血の味よ

風鈴を一つ鳴らして父帰る

家ごとに巨魚煮つめおり春の星

草刈に下の家から飯の声

千切りのキャベツに残る鉄のあじ

平成二十四年十二月十日　変哲逝く

折皺の通りに畳む初あかり

冷し麦酔う日と酔いを醒ます日と

斑雪生家のあった長い坂

外縁

自　平成二十一年

いつまでも見送っている案山子かな

丸善の五年日記を買う女

辣韮を三つぶ小皿に置いてみる

水底へ虹のひと色捨てにゆく

折合いのついた端から木の葉散る

五月闇闇に区画のある棚田

ホチュウ類

自　平成二十二年

自閉して黄金虫を旅に出す
春の湾坐っていたら叱られた

虫干しの吉本隆明はかり売り

筍を掘り進むうち墓の中

捨てられし器がこぼす五月雨

空缶をつぶす音聞く羽蒲団

現代俳句協会

自　平成二十三年

魂のところが苦い干し鰯

蓬餅千年前のひざまくら

囀やことばの画廊始めます

亀鳴くや手にしたものは裏をみる

旗のない掲揚台を夏の蝶

泥を吐く鯊を憂さ吐くひとが釣る

崩れつつ自己陶酔の花カンナ

霧に出て日活映画の中にいる

秋風鈴眠る姿勢の定まらず

にっぽんの骨壺に棲むきりぎりす

一度だけ訂正できる真葛原

笑えない形而下がある蚯蚓鳴く

鳩を飼う少数民族カンナ燃ゆ

楕円には二つの中心天の河

望の夜の一粒多い砂時計

草食の翼をたたむ霧の町

秋の蠅マニエリスムの工程表

生き死にのどちら側でも秋の雨

西北の森

自　平成二十四年

至　平成二十九年

梅白し耐水性のない夜明け

白むまで花盗人を抱きしめよ

凩のト音記号のように鴉

中心はへそか性器か寒卵

白桃の産毛なめつつ観念論

雁の列一貫性という病

山河

（以降全ての句会より抜粋）

自　平成二十六年

菜畑の奥に廃業ラブホテル

刺青もピアスも春の愁かな

武者小路実篤が床の間にあり鯖定食

宝くじ売り場は閉まる秋の雨

秋暑しビジネスホテルにある聖書

靴下に左右の履きぐせ胡桃の実

木の精が身を焦がすから初紅葉

燕去る脱ぎ捨てられし靴片方

まだなにか言い足りなくて梨の芯

送り火の灰になるまで母音なり

鼻歌を形にすればラフランス

炊飯器タイマー入る神の留守

舐めて貼る八十二円レノンの忌

突貫小僧濡れ手でつかむ寒たまご

こうしていても枯野の席は予約済み

寒夕焼ほどよい距離にある出口

よく洗いラップで包む小六月

中腹が筋肉質な春の山

返信に返信届く猫やなぎ

荷風の忌鳩の背中の広さかな

大阪の黒鯛泥臭く古典好き

青芒角を曲がればもう他人

産声ではじまる霧の立見席

フランス語うまい鯛客死せり

晩秋を素顔のままで立つ役者

身にしむや奥の奥からものを出す

綿虫のどの一匹も規格外

冬の水皺のあるもの撫でてゆく

子を積んだ暴走ママチャリ四月来る

鳥帰る鳥に祖国は二つある

あの世との波打ち際に桜貝

ウラジオストクから入電のない浜昼顔

暗渠から海鳴りのする花蜜柑

桑の実がやめられなくて誰か死ぬ

涼新た水に浮かべて切る豆腐

知恵の輪のほどけくるりと曼珠沙華

木守柿通勤準急加速する

あかつきの早口ことば凍豆腐

地縁血縁果ての石ころ秋あざみ

湯豆腐や有為転変のひとりきり

早春を拾う袋を腰に下げ

Vの字にナイフを入れる春の昼

音のない前置詞として花の雨

花に逢わん私の地図を試しつつ

耳たぶの大きな埴輪せりなずな

風が木に木が風になる春の鹿

春愁にデッキブラシをかけておく

ゆるやかに退路を断ちし春障子

叡山をむこうにまわし赤蛙

盗まれし三角定規夏つばめ

夕焼に身体投げ込む姉でした
うっすらと縫い目のみえる夏の夜

濡れ衣を着せて形代流しけり

小鳥来る派遣がパンをやる習い

寒晴の肉感的な椅子の脚

冬至風呂妻の仮面が置いてある

冬木立どの木も過去に遇ったひと

春の闇畳の縁を踏んでおり

夕焼の右肩だけが濡れている
夜になって暴れている鯉のぼり

白鱚やや弱みをそっと握らされ

天秤の片方沈む夏の底

新樹光しょう油をたらす紙の皿

マネキンの脚十本と積乱雲

釈迦牟尼にガラスの目玉晩夏光

八月の袋は一度空にする

鵙の声死後から届く和解案

なにもかも経過観察あきあざみ

パイプ椅子きれいに並ぶ冬うらら

如月の夢の分布図修復す

脱け殻のシーツ一夜の春愁

鳥人になった少年白夜かな

パリ協定消息を絶つ鯉のぼり

牡丹散るキャラメル箱の展開図

秋桜死因は聞かぬままでよい

大寒波理髪のネオン逆回転

しあわせな誰かが死んだひなたぼこ

かいつぶり類語辞典に紛れ込む

ハミングを点線にする兎かな

美しき数列氷柱に芯はない

敗北のような電柱梅匂う

芋深く植え黙っていることにする

充電の切れし髭剃り柳絮とぶ

寝足りない春のキャベツの抱重り

どちらからも行ける標識春の川

一回きりを使ってしまう桜かな

憲法記念日排水口のゴボという

電気ケトルの先に原子炉すべりひゆ

夕焼を丸めきれない方眼紙

断片に踏みとどまっている水馬

八月の壁にひとつの蛇口あり

近寄ればば遠ざけられる踊の手

父母がどこかに仕舞った鰯雲

誰か来て花替えてあり墓洗う

降参も万歳も両手を挙げる吾亦紅

蓑虫にひと声掛けて傘を干す

秋惜しむ荷札の付いた男たち

すっ転んだ位置から見える冬の梅

これからを話す頃合い青木の実

静脈の遠い投網や牡丹焚く

立って眠る鶴を見ており不眠症

紫雲英田の永き不在に手を挙げる

平熱を装っている黄水仙

涅槃西風サンドイッチの耳落とす

猫の夫向かいに悲劇が座っている
囀りに関西弁を放り込む

春うらら渡り廊下の洗濯機

紋白蝶周回遅れでもいいか

鶯餅小学校がおなじひと
気負いから遠ざかりけり古巣箱

あれは死ぬ準備ですから花のござ
ソーダ水注ぐ度遠い悲鳴して

東京の民謡酒場なつみかん

母の日のどうともとれる笑顔かな

ざぶざぶと洗っては干す沖縄忌

新しい軍歌が届く休暇明

月白の一本道にある予感

秋の浜ルサンチマンの焚火跡

財産は墓地一区画吾亦紅

上澄みの音楽静か冬に入る

快活と死を積んで来る春の馬

コピー紙をさばき蝸牛を見失う

短編のはじめに葬儀アマリリス
郭公やあっけない死が理想です

烏賊の目の瞬き深夜レストラン

老人の比重のような寒卵

うしろから雨に抱かれる鶴の寺

白地図の白い山脈鳥帰る

大勢にまじってひとり卒業す
さわりつつさわられている春の水

魂の針金ハンガー春の虹

今生は一話読切り奴凧

人形劇めく塀の向こうの白紅梅

悲しみについての批評あげひばり

しゃぼん玉こどもは時間を使い切る

沖鳴りを袋とじするソーダ水

ジャスミンの奥がこの世の出口です
新生姜何か思い出しかけている

菊人形淋しいひとを見つけ出す

疑問だけのこして父の革手袋

ささくれたことばを鞣す春の雨
若布刈る大陸棚を引き寄せて

応仁の乱よりこの方霾ぐもり

表札の消えかけている桜守

ひきがえる去年と同じ道で遇う
悲劇にもレシピがあって花は葉に

過去のあるビロードの椅子青嵐

迷路には入口がある夏木立

いつからかひぐらし耳に棲みついて
ただ横にいてくれる人花茗荷

塹壕に神が生まれる渡り鳥

死して後賞賛される野紺菊

天高し検事は紫の風呂敷包

満月にすべてを白紙委任状

水平にひろがる睡魔こんにゃく掘る

ヒッピーになりそこね羽毛布団

犬ふぐり水平線を忘じけり

海猫の声届く宗谷のポストより

父の日のみんな揃っている写真

ひめむかし蓬線路の向うにいる男

晩秋の紅茶にひたすビスケット
赤とんぼ物流倉庫という荒野

終戦記念の日一番長い列につく

熟柿なら帰るところを知っており

生牡蠣をすすり大人を知った頃

父となる青年冬のフィラメント

手紙を読むように漬ける白菜

着ぶくれてとらえどころのない憂い

針落ちた音ではじまる雪解川

棒で線ひいてそれから春またぐ

蒲公英はすべての風に名を付ける

春風の送料としてひとつ老い

春の空生まれたばかりの接続詞
花あかり鼓動ひとつ分だけの過去

省略のできないものに猫の恋

ワイングラス瓜実顔の夏であり

涼しさや背でドアを開けナースくる

遠吠えの様に干されて白いシャツ

梅雨兆す小指で天を突いたから
鮎苦し母には少し毒がある

じゃが芋が鈍器のように置かれあり

いなびかり原寸大になる私

鰡はねて明日になれば忘れている

秋の草橋の名前を見に戻る

助産師の「息めっ」の声や春隣

逆転をたくらむ春は印象派

サドルから少し尻浮く彼岸西風

一本の薔薇に名の付き万骨の死

ジャスミンの囲いほころび風の病む

冷蔵庫あけるに少し抵抗す

ドアノブにＴシャツを掛け更衣

涼しさや手抜き加減のよい芸風

屈葬の形で目覚め海の家

女郎蜘蛛八頭立ての馭者でいる

失敗が許されている螻蛄の夜

昼灯す額縁屋から秋闌ける

あきらめてからの抱擁小鳥来る

月光の柱で猫が爪を研ぐ

雪の庭固有名詞が立っている
戦争をがまんしている冬苺

煮凝の底に正座の一家族

倚り懸る柱もろとも春愁

花の奥手つなぎ鬼に誘われて
ピンと糸張って彼岸の綱渡り

風船をつなぎ自由を軽くする

この先は暗渠に潜る春の川

韮の花よく聞くことが身に起こり

父の日の蓋の開かない塗料缶

蠅と居て見て見ぬふりの上手くなり
アロハ着てパチンコ打ちにいく自由

客ひとり店番ひとり夏燕

日曜がもうすぐ終わるじゃがバター

木槿咲くこの世の欠伸ひとつして
予定なき一日秋の神保町

小鳥来る文末だけを拾い読む

膝掛の置いてある椅子ゴッホ展

あいまいにしておく返事冬ぬくし

背もたれを元に戻すや雪の富士

凩の拡声器から安来節

こんにゃくのおでん近所に窃盗犯

若冲の一番鶏に春動く

菜の花の西方にあり現住所

鳥の恋部屋干しにする信仰心

壜詰の雲丹に大陸移動説

道化師に分類される納税期

古本のような女をめくり遅日

蝶生る闇にハサミを入れる時

死後のある小説のよう四葩咲く

母の日のみんな同時にしゃべり出す

ご自愛を沢山もらう水鉄砲

おごそかな距離に並んで冷奴

藻の花の横一線にずれてゆく

身に覚えなきもの届く秋の蝶

茄子の蔕運がいいから生きている

あちこちが座礁している秋の空

差水を忘れ銀河を吹きこぼす

晩秋という背表紙に日の匂い

言い訳を黙って聞いている炬燵

本能を二つ折りする冬の蝶

さっきまで誰かいた部屋雪あかり

鳥雲にアクリル板の傷深し

春菊のサラダが好きで認知症

蝶の昼棺の広さのエレベーター

佐保姫が再発率を耳打ちす

リラの冷え柳田国男を金に換え

腹話術で話すひとびと橋おぼろ

段落のついた一日夜の梅

椅子の背に預ける背広三鬼の忌

酒瓶の底があかるい春夕立

犬ふぐり機械のように生きている

寝転んで靴下をはく聖五月

ため息を鸚哥が真似る大暑かな

緑陰に座して女神のようなひと
もう父を忘れし母のアイスティー

白百合の伝声管から尋ね人

亡き後の景とも見ゆる青野かな

浜昼顔殺そうと思った人はもういない
整然と散らばっている夏の海

涼しさや二つ並んだ角砂糖

生まれ来る子の名を水に書く蜻蛉

満月の永久機関に船出せり

生年と没年だけの秋あざみ

丹頂の首あげるとき感嘆符

あとがき

散歩の途中で放置されたままの更地をよく見かける。その中の一ヶ所にいつのまのか紫式部が実を結んだ。鳥が運んできた落し種から育ったに違いない。鳥の作った庭、私の句もそれに似ている。様々な句会で刺激という種を頂き、持ち帰って水をやり、矯めつすがめつしているうちに花も実もつけた。

俳句は変哲こと小沢昭一さんの「水酔会」から始まった。平成八年、白水社の和気元さんに誘われて小沢昭一さんを宗匠にした「水酔会」に入った。小沢さんはお酒が飲めないので土瓶に淹れた茶を横に置き、席題が出るとメンバーの牽制し合うかの様な軽妙洒脱なやりとりを楽しんでいた。どこまでも疲れを知らぬ変哲宗匠だったが、平成二十四年、十二月十日に帰らぬ人となってしまった。小沢さん亡き後は「東京やなぎ句会」の矢野誠一さんが宗匠を引き継いでくださった。

小沢さんの亡くなる少し前から、句友で脚本家の津川泉さんを誘って「外縁」句会を始めた。ここには様々な結社の方も参加され多彩なメンバーが集まった。プロの俳人をお招きしてご指導もいただいている。句会も楽しいが二次会も楽しい。

平成二十一年の暮れ、学生時代に吉本隆明の講読仲間だった大畑等君と久しぶりに馬場の居酒屋で出遇った。彼は俳句の評論で賞をとるなど、既に現代俳句協会で活躍していた。早速、昔の仲間を集めて句会「ホチュウ類」を始めた。彼の誘いで現代俳句協会に入会し、早稲田の俳句集団「西北の森」の会員にもなった。その大畑等君が平成二十八年、心不全で急逝してしまった。享年六十五歳、無念である。

現代俳句協会では松井国央先生が講師をされていた木曜教室に入り、俳句の深淵を覗くことになった。松井先生のお誘いで「山河」の同人にも加えて頂き、平成二十九年度の山河賞を受賞した。

『鳥の緯度』はこうした様々な句会で発表した句を中心に、およそ年代順にまとめたものである。ご指導をいただいた先輩諸氏、句友の皆様、本当にありがとうございます。そして、いつも客観的な視点から意見をくれた妻に感謝する。

句集の発刊にあたり青磁社の永田淳さん、装丁家の濱崎実幸さんに心よりお礼を申し上げる。

二〇二一年　冬

土屋　秀夫

著者略歴

土屋　秀夫（つちや　ひでお）

一九五一年　長野県生まれ。
一九九六年　小沢昭一氏の「水酔会」に入る。
二〇〇九年　脚本家の津川泉氏と共に「外縁句会」を始める。
二〇一〇年　大畑等氏と早稲田大学建築史研究室のＯＢで句会「ホチュウ類」を始める。
二〇一一年　現代俳句協会入会。現代俳句協会ブログ執筆『楽屋口から　イッセー尾形』等。
二〇一二年　早稲田人の俳句集団「西北の森」に入会。
二〇一三年　東京都区現代俳句協会設立三十周年記念大会「ふるさとテレビ賞」受賞。
二〇一四年　現代俳句協会木曜教室にて松井国央氏に薫陶を受ける。
〃　山河俳句会入会。平成二十九年度山河賞受賞。

山河同人。現代俳句協会会員。

山河叢書32

句集　鳥の緯度

初版発行日　二〇二一年十一月十二日
著　者　土屋秀夫
　　　　東京都新宿区矢来町九（〒一六二—〇八〇五）
定　価　二六〇〇円
発行者　永田　淳
発行所　青磁社
　　　　京都市北区上賀茂豊田町四〇—一（〒六〇三—八〇四五）
　　　　電話　〇七五—七〇五—二八三八
　　　　振替　〇〇九四〇—二—一二四二二四
　　　　http://seijisya.com
装　幀　濱崎実幸
印　刷　創栄図書印刷
製　本　渋谷文泉閣

ISBN978-4-86198-513-3 C0092 ¥2600E